学校学不到的能力养成课

闹别扭了怎么办?

[韩]金旻和/著　　[韩]李高银/绘　　黄慧玲/译

中信出版集团 | 北京

어린이행복수업-왜사이좋게지내야해?
Why Should We Get along Well? (Relationship)
Text © Kim Min-hwa (金旻和)，2013
Illustration © Lee Go-eun (李高銀)，2013
All rights reserved.
This Simplified Chinese Edition was published by CITIC PRESS CORPORATION in 2022, by arrangement with Woongjin Think Big Co., Ltd. through Rightol Media Limited.
(本书中文简体版权经由锐拓传媒旗下小锐取得Email:copyright@rightol.com)
Simplified Chinese translation copyright © 2023 by CITIC Press Corporation
ALL RIGHTS RESERVED
本书仅限中国大陆地区发行销售

目录

第一章　我喜欢我自己

- 身边的故事　哪个才是真正的俊英呢？2
- 每个人都有很多面 6　●夸夸自己吧！8
- 拥有承认错误的勇气 10　●拉帮结派的问题 12
- 快乐听故事　如何克服自卑？13

第二章　家会一直很幸福吗？

- 身边的故事　各忙各的晚餐 16
- 谁该做家务？20　●爸爸妈妈做作业？22
- 如何才能好好地沟通？24　●家的样子不止一种 26
- 快乐听故事　小猴子最需要的是什么？27

第三章 怎样和朋友好好相处?

- **身边的故事** 真倒霉 30
- 为什么无法拒绝朋友？32
- 为什么朋友之间很相像？34
- 好朋友更让你讨厌吗？36
- 人缘好的秘诀 38
- **快乐听故事** 反击霸凌 39

第四章 男人和女人像一双鞋子

- **身边的故事** 保卫花衬衫 42
- 男女为什么不同？44
- 是男人还是女人？46
- 对异性感兴趣很正常 48
- 性别平等的社会 50
- **快乐听故事** 实现性别平等的法律和制度 51

第五章 手拉手更幸福

- **身边的故事** 爷爷,您真棒! 54
- 老人都是多病、弱势的吗? 58　●肤色不同,人也不同吗? 60
- 只是有点儿不方便 62　●吃不上饭的孩子 64
- **快乐听故事** 不是我的错! 65

第六章 让地球村更幸福!

- **身边的故事** 拯救婴儿的针织帽 68
- 世界是个地球村 72　●需要齐心协力解决的问题 74
- 停止战争,拿起鲜花 76　●像彩虹蛋糕一样和谐 78
- **快乐听故事** 地球一小时 79

第一章
我喜欢我自己

你会觉得和身边的人相处很难吗?
觉得自己什么都没有做,别人却欺负自己?
为了更好的人际关系,需要先改变自己。
知道自己是什么样的人,
自己为什么会做出那样的行为,
再让自己努力向好的一面发展。
好的一面会帮你营造更好的人际关系。

身边的故事　哪个才是真正的俊英呢？

"圣铉！等等我。"放学回家的路上，身后传来了范秀的声音。范秀气喘吁吁地跑过来，在我耳边悄悄地说："你看过俊英的博客吗？"

"没有啊，怎么了？"

"去看看吧，全是骂人的话。"

"不会吧，俊英那种模范生，怎么可能骂人！你看错了吧！"

我有些怀疑范秀的话。总是面带笑意，对所有人都亲切的俊英怎么可能在博客骂人呢？我根本无法想象俊英骂人的样子。

"是真的！我也吓了一跳，和平时完全判若两人。"范秀瞪大了眼睛说。

"我知道了，我一会儿去看看。"

回到家后，我打开了俊英的博客页面。在此之前，我从来没有想过俊英为什么会用"铁面人"这个网名。

我原以为他可能只是想看起来酷炫吧。但今天总觉得"铁面人"的网名别有深意。

俊英重新装饰的博客页面阴郁的黑色夹杂着愤怒的红色,给人一种怪异的气氛,像是一个心理抑郁的成人的博客。个人信息都被他隐藏了,要不是以前就知道俊英的博客地址,肯定不会觉得这是俊英的博客。

就像范秀说的一样,博客里全是脏话。我不知道该如何描述此刻复杂的心情。

"不管了,还是打游戏吧。"

　　我突然灵光一闪，想换个网名上网，便申请了一个叫"苦咖啡"的名字。如果用这个名字，就没有人知道我是谁了吧。正好有要组团队作战的游戏室，我便点击进去了。在那里我一眼就看到了"铁面人"的名字，这是俊英吗？

　　我和铁面人加入了不同的队伍，但铁面人在打游戏的过程中一直在说脏话，有人提醒他："你有点儿过分了。"他也对我说了脏话，我便骂了回去。我们互相攻击，来来回回，言语越来越激烈。

　　终于，我和铁面人被踢出了游戏室。

过了一会儿，我和铁面人又在别的游戏室碰到。充满脏话的对话又开始了。

我突然之间想到，自己这是在干什么呢？便立刻问了句："你是俊英吧？"

铁面人沉默了一会儿。"你是谁啊？"

面对铁面人的问题，我敲出了自己的名字，随即又删了。不想说出自己的真名，我觉得今天不是真正的我。但又不想不回复，于是便说："自己藏起来，就能完全变成另一种样子吗？"

就在刚才还在骂人的俊英，突然沉默了，然后悄悄地退出了游戏室。

他真的是俊英吗？那到底哪一个是真正的俊英呢？是在学校友善的俊英？还是在网络世界满嘴脏话的俊英？……不论如何，想告诉他的是，我更喜欢亲切的俊英。这也是我想对自己说的话。

每个人都有很多面

"你是什么样的人?"这样的问题,很难用一句话来回答。和朋友们在一起的时候表现出淘气的一面,在陌生人面前则变得乖巧。平时心地善良,一句伤害人的话都不说的人,一旦生气也会做出谁都无法阻拦的爆炸性行为。也正是因为时时刻刻总在变化,所以很难简单地说:"我就是这样的人。"

但是不用担心,因为没有人是只有一种样子的。每个人都有很多面,其中有些面是经常表现给大家的。但在某些情形下,也会展现不一样的一面。情绪和行为会根据自身所处的环境发生变化。面对不同的人、不同的事,我们会感受到不同的情绪,做出不同的行为。

但真正的问题并不是随着环境变化展现不同的一面，而是以特殊情况为借口，表现出不好的一面——因为没人看到我，也没人认识我，尽管知道是错的，也仍然以"大家"都这样为由，随波逐流。

　　所以在每个人的很多面中，视情况不同，有些面是被允许的，而有些面是无论如何都不能被人接受的。我们要让自己保持健康、正直的一面，而那些会给别人带来伤害的部分应该被抛弃。

夸夸自己吧！

虽然我们在不同的时间、地点会表现出不同的一面，但这些不同之间有一致的部分。就像小说《化身博士》*中的主人公一样，并不会变成完全不同的样子。我们之所以能够保持一致性，是因为我们对自己的评价。

用"无论什么我都能做得很好""朋友们都很喜欢我"等正面评价看待自己的人，更习惯表现出符合评价的样子。而用负面评价看待自己的人，往往认为展示自己不好的一面也没什么，因为自己本身就是这样的人。

对自己能力的认识也是这样。觉得自己能力强的人，做事情往往不畏困难，愿意去挑战。相反，觉得自己总是失败的人，就很容易像预想的一样行动失败。因为会失败的"负面想法"使他不会好好行动。

人们有的时候会误以为对自身的积极评价是由其他人决定的。所以即便违背自己的内心，也总想讨别人欢心。但这样的行为一般都不会持续太久。相比于借助其他人的力量，自身积极的评价才会发挥最大的作用。要努力创造自己鼓励自己的机会。

---

* 《化身博士》是英国作家史蒂文森创作的长篇小说，小说主人公有双重人格，白天是受人尊敬的医生，晚上在一种药剂的帮助下改换模样，四处作恶。——译者注

什么是自我尊重感？

自认为有自我价值被称为"自我尊重感"。如果自我尊重感较低，会很难和朋友们相处好，也很难开心地度过学校生活。提高自我尊重感的方法很简单：即便是对很小的事情，也抱有可以做好的心态，并期待着好事发生。

拥有承认错误的勇气

每个人都有想改变的一面,也有需要改进的一面。相比于拥有好的一面,对待不好的一面更难。不取笑同学、不顶撞父母,可能比帮助同学、帮父母跑腿难得多。为什么会这样呢?

我们都有将自己不好的一面合理化的习惯。比如,和朋友吵架是因为朋友先笑话了我,所以我只能嘲笑回去。这就是一种合理化。

我们之所以总将自己的行为合理化,是因为,我们认为无法回到之前的情况,并且认为回到之前需要付出巨大的代价。

用一个看起来合理的理由把自身的行为正当化,或许可以化解当下的争执。但长远来看,却让身边的人更为难过,以后你可能需要付出比现在更大的代价来弥补。因为,为了让自己的行为一直合理,你要不断地调整自己的理由,甚至是提出一些不对的观点,或是寻找错误的凭据来保护自己。

因此，我们需要有承认自己错误的勇气，在事情变得更复杂之前尽快承认错误。刚开始可能会觉得认错很丢脸，让人难过。但这些都是短暂的，身边的人一定会因为你勇敢承认并改掉错误而赞赏你。

拉帮结派的问题

足球比赛上,进攻队员踢到了防守队员的小腿。如果进攻队员是我方的,他会被认为是失误,但如果是对方的,我们会认为他是故意为之。同样的情况,为什么会有完全不同的想法呢?

我们天生对自己所属的团体更偏心。给对方负面评价的同时,也认为自己的队伍一定比对方强。

要知道,拉帮结派会引发很严重的问题。欺凌、歧视等问题都是从拉帮结派开始的——给予自己所属的团队特权,并想独占特权而排斥他人。但拉帮结派也会让自己被其他团体的人孤立,受到不公平的待遇。

为了解决这个问题,应该把"我"所归属的"我们"的范围扩大。往大了看,小范围的"我们"可以包含在更大的"我们"之中。个体之间的差异微乎其微,如果用开放的心态去观察,会发现大家的共同点要比差异多得多。

快乐听故事

如何克服自卑？

世界上的每个人都会有自卑的经历。成功的人生往往并不由你是自信还是自卑决定，而取决于你为了克服自卑付出了多大的努力。

美国首任黑人总统奥巴马被视作克服自卑的典型代表人物。他是一个混血儿，经历了父母离婚、与外祖父母一起生活、家庭贫穷等很多会让他感到自卑的问题。他承认自己的成长环境与自身能力跟其他人有差距，然后开始寻找能够克服这些差距的突破口。

篮球成为他克服自卑的起点。朋友们开始对篮球打得好的奥巴马感兴趣了。后来，他又发现自己不仅能倾听他人，还有让别人对自己说的话感兴趣的才能。正因为如此，成为总统后，他的演讲也成为感动全世界的著名演讲。

如果他只顾抱怨自己童年所处的成长环境，估计连当美国总统的梦想都不会有。虽然在很多地方感到自卑，但他努力寻找自己的长处，通过不断努力和人们建立良好的关系，才成为今天的奥巴马。

13

第二章

家会一直很幸福吗？

我们在和更大的社会接触之前，
是通过家人学习和体验爱、恨、嫉妒、互助、照顾的。
因为家会成为我们的保护屏障，
所以在这里可以安全地学会一切。
但是家庭的幸福不只是某一个或两个人的责任，
而需要构成家庭的每个成员一起努力。

身边的故事 **各忙各的晚餐**

"我们好久没出来吃饭了呢!"妈妈在餐厅门口开心地说。

此前爸爸出差了两个月,这还真是久违的外出聚餐呢。

服务员把我们一家带到窗边的位置。一坐下,一家四口就都同时拿起了手机。爸爸看新闻,妈妈给餐厅的每个角落拍照。

"茄子!笑得开心点儿嘛,我要上传到网上的。"我看着妈妈的手机,摆好姿势,嘟起了嘴。拍完照,妈妈把照片发到她和朋友们的群里,敲了"我现在在餐厅"几个字。

回复了几个朋友羡慕的表情包后,妈妈看了一眼弟弟,他在开心地玩着游戏。

"请问要点菜吗？"

服务员的话让我们暂时停下手里的事，翻了翻菜单。非常俭省的妈妈从钱包里拿出了折扣券。

"想吃什么啊？有什么好吃的呢？"

虽然妈妈提出了问题，但感觉并不需要我们的回复。

"如果点套餐的话，能有多少折扣呢？"

妈妈手里拿着折扣券，想再多要点折扣。

"孩子们想吃的就都点吧！"爸爸看着手机，温柔地说了句。

"只要不是妈妈点的就行。"我说。

"你在说什么呢！"明明是开玩笑，但妈妈好像真的生气了。我的玩笑开过了吗？

最终还是由妈妈点了她想点的餐,每上一道菜妈妈都会拍照。

"好了,我们开始吃吧!"

妈妈把食物分给大家,然后开始和朋友打电话,一聊就停不下来。一边说菜品好吃,一边担心发胖,还聊核桃能健脑等各种话题。当然,妈妈也没忘记显摆和家人一起来餐厅的事。

这时,从旁边桌传来笑声。转头看过去,是和我们一样聚餐的一家人。和我们不同的是,他们谈笑风生。

我觉得我们家也应该聊点儿什么,就把手机收了起来。"爸爸!"我说道。

我想问问爸爸出差时发生的事情。

"嗯,稍等。我先把这个看完。"

爸爸在用手机搜索着什么。

这时,妈妈站起来说:"走吧,既然吃完了,就回去吧!"

爸爸和弟弟眼睛盯着手机,机械地站了起来。

"很久没出来吃饭了,很不错吧?"妈妈搂着我的肩问。

我不知该如何回答这个问题。推开餐厅门出来的时候,我又看了一眼隔壁桌的一家人,他们还在开心地聊天。为什么我的家人之间就无话可说呢?

谁该做家务？

家庭并不都是一直和睦的。有时会觉得自己的弟弟妹妹比朋友讨厌，父母比陌生人还陌生。是因为弟弟妹妹和父母做得不好，才让你有这种感觉吗？仔细想想，其实与家人的矛盾主要源于对方没有满足自己的期待。例如，原本期待弟弟能听哥哥的话，然而他却没有；期待父母能包容你，却挨了一通骂。

家人之间应该明确地告诉彼此自己期待的是什么。当然也要知道这些期待是否可以满足，要满足是否困难。当然不能只是提出自己的期待和要求，而不考虑对方的感受。相比于说"妈妈不是就应该这么做吗？"，"我希望妈妈能这么做"更温柔一些。或者换个角度想："妈妈做这件事会有什么样的困难呢？"多想一些更好的方法吧。

随着社会的变化，家人的角色也随之改变。丈夫负责赚钱，妻子负责家务的时代已经过去了。越来越多的女性步入社会，双职工的夫妻也相应变多，他们需要共同承担家务，抚养孩子。如果没有接受角色的变化，很容易产生家庭矛盾。同时工作和做家务的母亲非常需要其他家庭成员的帮助，家人若是认为家务就应该由女性承担而不去帮忙的话，矛盾只会加深。

想要组建和睦的家庭，不仅要尽量满足他人期待，还要理解相互之间变化的角色。

爸爸妈妈做作业？

每个家庭成员都应该为自己在家中的角色设定界限，不过这样做并不意味着要搭建一座隔绝其他家庭成员的高墙。比如我们犯了错，或是做了一些不符合自己学生身份的事，这时人们会说："你过线啦！"这里说的"线"，就是上面讲到的界限。家庭成员划定自己的边界，意味着每个人各自根据各自的角色和任务活动，而不过线。大家互相尊重彼此的私人空间，保护各自独立的生活。

在没有界限的家庭里，家庭成员并不清楚自己应该扮演的角色。比如早起准备上学、写作业并不是爸爸妈妈该做的事，然而当他们认为孩子无法独立完成的时候，便会插手孩子该做的事，甚至有的爸爸妈妈把子女在学校的生活和学习任务都包揽了。这时，父母和孩子之间的界限就模糊了。

在界限明确的家庭里，家庭成员在拥有自己独立生活空间的同时，并不会对其他人漠不关心。想做到这样，就需要遵守他人生活空间里的规则。大部分规则可以在日常生活中自然而然地学到，并不需要特意说明，但有时也需要向对方确认一下。当有人认为，自己的生活空间里一些理所应当的规则被某个人打破了，家人间的矛盾就会因此加剧。

如何才能和睦相处呢？

家人之间的相互尊重很重要。夫妻不过度干涉彼此的空间，尊重彼此在家中的角色。父母不应该因为孩子年纪小就忽视他们的感受，孩子也要尊敬父母。同样，兄弟姐妹之间也要做到这一点。

如何才能好好地沟通？

每个人都认为家人之间需要沟通，然而并不是每个人都能做到有效沟通。大家容易认为，越是亲近的人，越应该了解自己的感受，即便自己什么都不说。这其实是一种错误的想法。

正是因为这种想法，我们反而容易把真正该说的丢在一边，只顾说些无法解决问题的话。"你怎么不理解妈妈的苦心呢？""爸爸你明明知道的，怎么还这样做！"——类似这样的委屈，可能正源于以为家人知晓自己内心的想法是理所应当的。

在看完电影或一本书之后，你和朋友们交流过吗？交流的时候你一定能发现，像故事的主人公为什么会这样做，当时会是什么样的心情等问题，你和朋友的看法是不一样的。出现这些不同看法的原因是，即便是对同样一个故事，不同的人关注的重点也是不同的。

家人之间也是如此。即便对同样的事情，每个人关注的部分不同，自然会产生不同的解读和反应。如果父母只关心事情的结果，子女只关心事情的原因，自然会产生矛盾了。

所以，当你和家人沟通的时候，请不要忘记，家人可能会对同一件事产生不同的看法。与其只关注自己的感受，去责怪和抱怨，倒不如先了解你和家人在哪些方面的看法是相同的，哪些是不同的。

在此之后，再根据彼此的想法沟通，最后找到一个好的解决方法，而不是讨论对方应该做什么，不应该做什么。这样的对话更容易迎来一个令人开心满意的结果。

家的样子不止一种

在现代社会，家庭也变得和以前不同了。这是因为今天的人们想法也发生了变化。人们开始认为，家庭不一定要因为结婚、生子或血缘关系而产生。比如父母离婚后重新组织家庭，他们和他们的继子，即便没有血缘关系也能成为家人。此外领养孩子的情况也在增加。

家庭成员也不一定必须要住在一起。有的人因为孩子的教育而分开住，还有夫妻因为工作地不同而分开住。

在今天，多文化家庭的数量也在变多。多文化家庭，是指由不同的种族或文化背景的人组成的家庭。

请不要将自己的家和别人的家做比较。每个家庭都有自己的幸福。包容理解各种不同的家庭，我们的世界会变得更加温暖。

快乐听故事

小猴子最需要的是什么?

将父母和孩子连接在一起的真正纽带是什么呢?是送孩子去昂贵的补习班,给孩子做好吃的饭菜,买漂亮的衣服,还是准备一个舒适的家呢?

一位叫哈洛的心理学家用小猴子做了一个实验,他很好奇,小猴子希望从母猴那里得到的是什么。他做了两个假的母猴:一个是光秃秃的铁丝做的,胸前挂着橡胶奶头提供奶水;另一个则用柔软细腻的绒布包了起来,但不能喂奶。然后他把小猴子放进笼子里进行观察。小猴子先是到铁丝妈妈那里喝奶,但大部分时间他都抱着那个绒布妈妈,只是在饥饿的时候才去喝奶。哈洛又把一个能发出巨响的机器人放进笼子,受到惊吓的小猴子马上去抱住了那个绒布妈妈。

通过这个实验,哈洛得出结论:相比于母亲的母乳,小猴子更需要抚摸和安慰。

人类也一样,仅仅提供食物是不够的,孩子更想从爸爸妈妈那里得到的,是拥抱时感受到的爱,以及遇到困难、感到害怕时得到的安慰。反过来,父母对孩子的期待就仅仅是学校里的好成绩吗?他们也同样渴望温暖的爱与安慰。家庭,正是靠爱和慰藉维系的。

第三章

怎样和朋友好好相处？

友谊是我们离开家庭后发展的第一种社会关系。
随着年龄的增长，
你和朋友们在一起的时间也会越来越多。
交朋友成了一件无比重要的事情。
比起交新朋友，与朋友保持长时间的友好关系更难。
为什么呢？
你该如何解决朋友间的矛盾，
与他们更好地相处呢？

29

身边的故事 真倒霉

该上体育课了。糟糕！洗干净的运动服明明放在桌上，还是忘了带。这可怎么办？

"喂，快来呀！"

在朋友的催促下，我慌慌张张跑出教室，又在楼道里犹豫了起来。没穿运动服肯定要挨骂的……怎么做才好呢？

"哎哟！你怎么待在这儿啊！"是仲基的声音。他急急忙忙往外跑的时候被我的脚绊倒了。

"哦，对不起！"

"对不起就完了吗？"

即便我已经道歉了，仲基还是不依不饶。如果是在平时，我可能会毫不犹豫地跟他吵起来，但我还是忍住了，默默向操场跑去。本来就没穿运动服，更不想迟到了。

在操场排队的时候，老师的目光在我身上停留了好久，还好他没说我什么。看来今天的运气还不算差。

大家玩躲避球比赛，我特意加入了仲基对面的队伍。

"接球！"

来来回回几个回合后，我终于拿到球，轮到我们队攻击了。对面有很多同学，仲基恰好进入我的视线。那一刻，我内心的怒火燃烧了起来。

"等着瞧吧！李仲基，尝尝我的厉害！"

什么默默忍住，明明还记仇呢。我做好了向仲基扔球的准备。这时，朋友们的声音从四面响起。

"先扔韩宝拉！"

"是啊，先攻击女生！"

该怎么办呢……我心里盘算着。我想用世界上最快的速度扔向仲基。可是就算扔了球又能怎样呢，也无法保证能狠狠地击中他。

我听了朋友们的话，把球扔向韩宝拉。万万没想到，韩宝拉竟然把我的球接住了。朋友们开始对我吼了起来。

"你怎么能那么扔呢！"

"怎么连一个女孩子都打不中呀！"

明明我按他们说的话做了，还白白丢了球，但他们还是笑话我。唉！从早晨开始事情就不顺利，回想这一天，真倒霉！

为什么无法拒绝朋友？

有的时候，朋友会劝我们做自己原本不想做的事情。午饭吃多了，明明很饱，可几个朋友邀请你一起去吃炒年糕。或者是集体活动的时候，朋友们鼓动我们去做并不擅长的活动。每当这时，表达拒绝并不容易。

为什么反对多数人的意见这么难呢？因为我们本身就有和自己所属的群体保持一致的倾向，更深层的一个原因是，我们害怕因为和多数人的意见不同而被孤立。

当多数人想做的是不正确的事时，又该怎么办呢？例如，朋友们觉得欺负别的同学不算什么，但你却不这样想。那么这时候又该如何克服畏惧，根据自己的判断行动呢？

首先，想象一下行为的后果，想想被欺负的同学的心情。他该多痛苦呢？他还能开心地来学校吗？

其次，相比采纳小团体的意见，我们在做决定的时候可以从更多的角度考虑问题。欺负同学，让他痛苦地度过校园生活，真的合适吗？多数人的决定真的比一个人的更正确吗？这么一想就不难得出结论，并不一定要追随多数人的意见。

最后，你还需要一些勇气。堂堂正正地提出自己的意见，勇敢地付诸实践，即便可能会对自己造成同样的伤害。

33

为什么朋友之间很相像？

有没有人对你说，你和你最好的朋友很像？不仅仅是说话、行为，甚至连面貌都有可能相像。因为成为好朋友才变得相像呢？还是因为相像才成为好朋友呢？

人们都希望自己能一直保持一致——保持自己一直以来的行为，保持判断对错的价值观，保持对某件事的感受……如果情况发生变化，会感到焦虑不安。交朋友也是同样的道理。遇到和自己相似的朋友时，你会感到安全轻松；遇到和自己差异很大的朋友则感到不舒服。因此，自然会选择和自己相似的人成为朋友。

朋友成群，就是相似的人成群结队。有一些朋友圈不太愿意接纳新人，主要是因为希望保持团体的平衡不被破坏。

那么，我们就只能和相似的人交朋友吗？并非完全如此，也有和自己不同的人成为朋友的情况。这位朋友看上去充满吸引力，虽然起初可能让你不太适应，但如果与他相处得越来越融洽，那你们就会成为非常好的朋友。如果不适的感觉越来越强烈，甚至到了自己无法承受的程度，那这段关系可能就要结束了。

韩国俗语"跟着朋友去江南"

总有很多事情想和好朋友一起做，通过做同样的事愈加确认彼此是好朋友。韩国有句俗语"跟着朋友去江南"，意思是即便去很远的地方，也要跟朋友一起去。在古代，江南是指燕子冬天飞去过冬的非常遥远的地方。

如果想要保持长时间的友谊，相比于关注和朋友之间认识问题的差异，更需要接受和承认这些不同。我喜欢红色，但朋友喜欢蓝色，这并不是什么大问题。如果我们能互相退一步，这次选红色，下次选蓝色，这样就可以了。谁知道呢，可能在某天你们两个人都变得喜欢紫色了呢。

好朋友更让你讨厌吗？

　　明明是自己的好朋友，有时却还是觉得他讨厌，这样想真的不对吗？再仔细想想，也想不出是什么原因。好朋友数学考试考得比我好，在KTV唱歌唱得好被夸赞，比我好的人多得是，为什么偏偏讨厌好朋友呢？

　　这是个不容易被接受的事实。一想到好朋友能和你做得一样好，就觉得朋友很讨厌。如果好朋友在某一方面比你好得多，你反而可能会想：啊，我好羡慕！如果你和朋友都擅长某件事，情况就不同了，关系非常好的朋友更是如此。你总想证明你能比好朋友做得更好，甚至还暗自希望好朋友把事情搞砸。

对谁都会嫉妒吗？

你知道吗？比起遥不可及的陌生人，你更容易嫉妒身边的朋友。很少有人嫉妒明星或名人，对不对？因为无论他们多漂亮、多帅，他们和你都不在同一个生活空间。也就是说，嫉妒是你对可能会与你进行比较的人才会产生的感觉。

和朋友做比较，产生嫉妒的主要原因，是我们意识到其他人在关注，感觉别人在比较你们——"他更好""他更优秀"。在这种情况下，自然想得到对自己的认可和夸奖。

虽然羡慕、嫉妒朋友是很正常的，但不能被这种想法控制。仔细想想！有一个这么优秀的朋友不是很好吗？就像前文所说的，这也意味着你在和与自己志同道合的人交朋友。为朋友的优秀鼓掌，你也会得到同样热烈的掌声。

人缘好的秘诀

你有没有一个特别受人欢迎的朋友？你也想变得像他那样受欢迎，但这并不容易。人缘好的秘诀是什么呢？

心理学家研究了这类人的特点，他们都有同情心，有理解他人困难的能力。虽然擅长的事情很多，但他们从来不显摆。他们还知道应该如何称赞和安慰他人。受欢迎的关键在于，他们有很好地理解朋友内心想法的能力。

但他们的这种特质并不是与生俱来，而是后天培养的。我们也可以开始尝试。刚开始做这些从未做过的事，可能会有点儿尴尬，不过尴尬和困难不一样。随着时间的推移，尴尬的感觉会很快消失。善待自己的朋友们，倾听他们的心声，在困难面前挺身而出，这样的行为累积起来，你也可以成为一个人缘好的人。

快乐听故事

反击霸凌

在美国，震惊世界的校园暴力事件屡屡发生。校园暴力造成的严重后果几乎和其他犯罪一样严重。为了找到校园暴力的原因，心理学家们调查了十五起校园暴力事件，这些事件共导致约四十人丧命。调查结果显示，这些事件都与被欺凌、侮辱或被异性拒绝的经历有关。

暴力行为并不仅仅由于一两次的负面经历而产生，而是施暴者因为长期被排挤、侮辱，积累起来的愤怒最终导致的结果。刚开始，他们只是有点儿生气，但这没有起任何作用，所以他们开始选择更有攻击性的、更强烈的方式，来表达自己的愤怒。

这些研究结果告诉我们，不能把校园暴力的原因全部归咎于施暴的学生。如果是长时间积累的失败和挫折感助长了暴力，那他身边的人也都负有责任。在某种程度上，他的父母、老师和同学都是帮凶。

这样长期积累的伤口想要治愈，同样需要很长时间。治愈的开始，是互相帮助，互相支持。因为任何被霸凌的人，都有可能在未来成为可怕的校园暴力的施暴者。

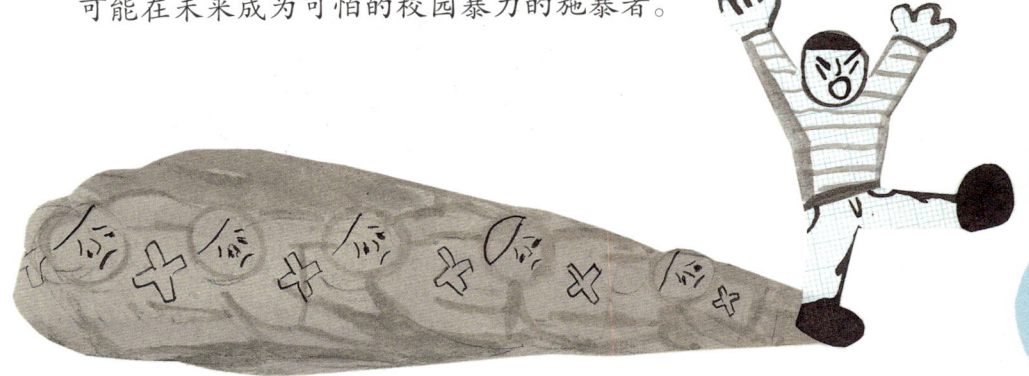

39

第四章

男人和女人像一双鞋子

对男性和女性的刻板认识已经成为过去。
尽管如此，
现在仍然存在一些区别对待男女的看法。
都说男人和女人不同，
那么都有哪些相同，哪些不同呢？
性别也有好坏吗？
男女平等的社会幸福吗？

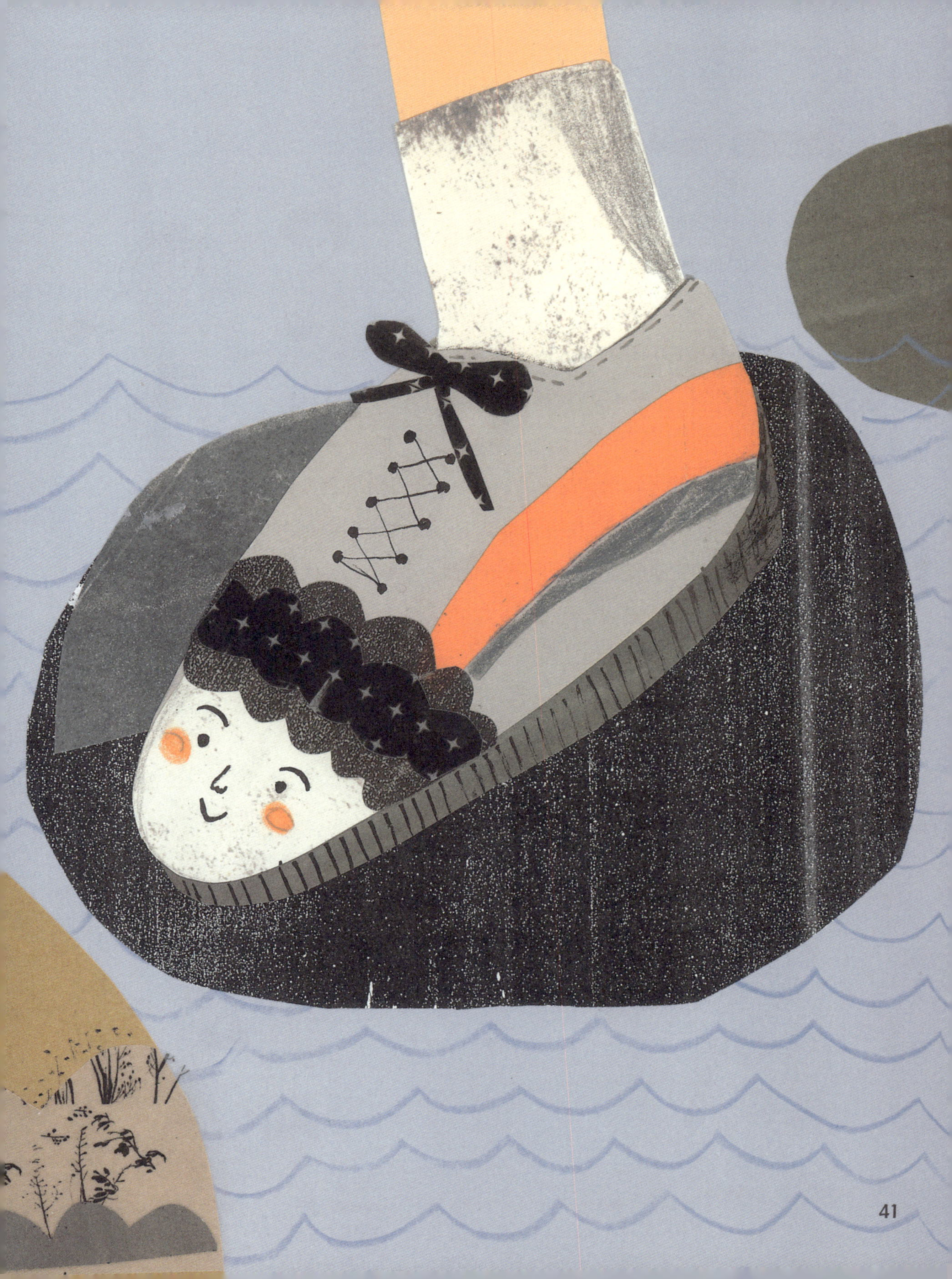

身边的故事　保巴花衬衫

"你干什么呢，还没弄完吗？"

妈妈的催促声越来越大。不过我也没办法呀，不把头发涂上发胶整理好，怎么能出门呢？不然就像只穿着内衣走在马路上一样。正抓着头发，妈妈不知什么时候进来拍了拍我。

"男孩子在镜子面前待这么久，是在干什么呢？"我刚一脸不满地转过头，妈妈又开始了唠叨："在镜子前面打扮是女孩子才做的事！"

妈妈伸手想把我的头发弄乱，我赶忙阻止了她。

"为什么照镜子还要分男女呢？"我认真地说。无论男女，不都可以打扮吗？

总之，妈妈还是等我收拾完，带我去了百货商场。好久没买新衣服了，因为最近长个子，家里都没有合适的衣服穿了。

"哇，好棒啊！"

我在一堆帅气的衣服之间逛得眼花缭乱。妈妈根本没有搭理我，选了一件普通得不能再普通的蓝色短袖衫。

"我喜欢这件。"我拿起一件有彩色花朵图案的衬衫。

"那不是女人的衣服吗？"妈妈顿时皱了皱眉。

"这是男装。"店员赶忙回答。

"真的吗？唉，现在男装和女装很难区分了。"

"现在很多男士也喜欢华丽的衣服，所以颜色鲜艳的服装很多。"

这时妈妈才惊讶地发现，我选的衬衫居然和店员姐姐穿的款式一样。

"你可以买来和妈妈一起穿，"店员继续补充道，"比起区分男女款，适合自己的个性更重要。这一款男装女装都有，只是尺码不一样而已。"

最后，多亏了嘴甜的店员姐姐，虽然看上去不太情愿，妈妈还是给我买了一件花衬衫。我很想跟妈妈说，因为总让我穿哥哥们穿过的衣服，所以我的衣服有些过时。但这时妈妈的一句话让我决定奋不顾身地保卫我的花衬衫。

"让妈妈先穿一下那件花衬衫吧！"

男女为什么不同？

男女不同是很自然的事情，从出生时就是这样，这叫"生物学差异"。男人和女人之间决定性的差异在于，由谁进行生育。到了青春期，男性的睾丸会产生精子，女性的卵巢会产生卵子。此时，女性就发育成能生育子女的身体了。

相比于生物学差异，男女之间更多的是社会性差异。在成长的过程中，我们会从他人那里学到作为男性或女性的行为、态度。大多数情况下，儿子向父亲学习男性的角色，女儿向母亲学习女性的角色，甚至还会向影视剧中的角色学习自己的性别角色。随着逐渐成长，我们会根据社会环境中被认为是正确的做法，来修正自己的行为。

正是教育、观念等社会规范，塑造了我们对男女差异和性别角色的认知。

性别角色的分配，很少源于男女与生俱来的生物学差异，而更多是由社会中全体成员的共识形成的。如果社会的规范和制度发生变化，性别的角色职能也会随之变化。

为什么过去的人和今天的人对男女角色的认知不同？

孩子们需要通过自己所属的文化环境，来学习男性和女性的概念。换句话说，是根据被文化环境承认的不同性别的形象、态度、行为，来形成符合自己性别的特点。由于过去和今天的文化环境不同，所以过去和现在的人对男女角色的认知不同了。

男人　　女人

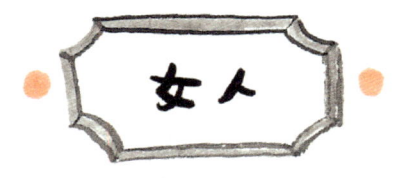

是男人还是女人？

在给新生儿脱衣服之前，我们很难区分这是男孩，还是女孩。如今的成年人，有时也无法轻而易举地分清男女了。英俊的男明星烫染头发、修眉毛、化妆，有时甚至穿裙子。除了在电视节目里，走在大街上也经常能看到无法通过外表来确定性别的人。

现在，也很难断定有哪些是专属某个性别的职业了。宇航员、火车司机、机械修理工等以前被认为是男人的工作，现在也有女性从事了。我们还常常可以看到有男人从事曾经以女性为主的美发师、护士、厨师等职业。此外，女性也可以担任有较高社会地位的职务，比如有的国家有女性领导人。

男人应该在外赚钱养家，女人应该待在家中料理家务的想法，已经是被时代淘汰的旧观念了。现在，既有在家承担家务和养育责任的全职父亲，也有越来越多在外工作赚钱的母亲。做家务、养家，已经变成了不分性别，夫妻双方必须一起承担的任务了。

对于"男性化""女性化"的定义也发生了变化。以前人们会觉得勇猛、好胜、有控制欲的男性很有魅力,现在温柔、感性、体贴的男人越来越受欢迎。至于女性,也有越来越多的人认为,积极、勇敢、坚强的女性,比害羞、被动、软弱的更有魅力。当然,这并不意味着要调换男女的性别,而是希望大家不要用古板的观点区分男女。

对异性感兴趣很正常

不同的时代和社会对男女的认识不一样，但也有些并不会改变的东西。那就是男人和女人之间互相吸引的感受。如果没有这件事，可能也就没有我们人类的今天了。

对异性感兴趣，感到心动，实在是再自然不过的事情了。这些事情会藏在我们的内心，到了恰当的时候，它就会像闹钟一样发出信号。最初，你可能只是注意到那些经常在媒体上露面的娱乐明星、运动员等，但渐渐地，你开始对身边的异性朋友产生兴趣。要承认自己的变化吗？要怎么处理看上去才很酷呢？如果被朋友笑话该怎么办？这些都是随之而来的小烦恼。

也许这种苦恼来源于男女之间的区别。有种很古老的观念认为，女生不能主动和男生交朋友。如果希望结交异性朋友，需要首先抛弃的就是对性别的陈旧观念。

交往的过程也是一样。不必受一些偏见或固有观念的影响，而对异性朋友有偏见，这样很容易引发朋友间的矛盾。

面对异性朋友时，感受可能与跟同性朋友在一起时不同，但这并不意味着要持有不同的态度。在平等的关系中建立的友谊，才更长久。

49

性别平等的社会

在现代社会，需要用平等的眼光看待男性和女性。在传统社会里，女性往往处于弱势地位，人们普遍认为女性不如男性，继而限制了她们在社会上的地位。

今天的女性可以享有比较高的社会地位，这是她们努力为自己争取权利的结果。18世纪，英国作家玛丽·沃斯通克拉夫特出版了《女权辩护》一书，主张女性和男性同样拥有接受教育、参与政治、从事职业工作的权利。此后，倡导保护女性权利的声音传遍了全球，发展成为妇女运动。

我们现在生活在强调性别平等的社会中，反对男性或女性中仅有一方得到优越或恶劣的待遇。即便情况目前并不完美，但社会将逐渐转变成男女平等的社会。这个世界会因为平等的男女相遇，而发生无数美好而幸福的事情。

快乐听故事

实现性别平等的法律和制度

想要实现男女平等，我们需要法律和制度做支撑。韩国通过修改家庭法和颁布法律，来保护女性在社会上的地位和权益，为两性平等做出努力。

如1987年颁布的平等就业机会法，规定企业在招聘员工时应为男性和女性提供同等的应聘机会。此外，不能因为女性结婚、怀孕、分娩等事由，限制女性升职或解雇她们。由于两性平等的招聘制度，在政府中担任高级公职的女性数量也在不断增多。

最大的变化是2005年废止的户主制。它指的是，父亲或丈夫作为"户主"组建家庭，妻子和孩子加入其中。随着户主制的废止，母亲也能成为一家之主了。为了延续后代必须要生男孩子的想法也逐渐淡化，每个家庭成员都可以得到同等的待遇。

也许你会觉得，为了两性平等所做的努力只是为了女性。这是因为此前女性的权利一直没有得到恰当保护。但两性平等并不是为了突显某一方，而是为了男女双方的权利。

第五章

手拉手更幸福

有很多人,
因为他人的错误想法而遭受不公平的待遇。
他们总是被别人低估自己的真实能力,
或是被认为在制造麻烦。
老人、不同人种、残障人士、穷人、病人等,
都会因为我们的错误偏见而痛苦。
他们的人生理应和我们一样得到尊重,
也应该拥有幸福和希望。

身边的故事 **爷爷，您真棒！**

结束学校的活动后，我和宋怡、东雅走在回家路上。

"我不想走路了，咱们坐公交车吧！"

在东雅的提议下，我们走向公交车站。长时间的活动后有点儿累，而且走路回家太远了。

有不少人在公交车站等车，其中有个人引起了我们的注意。那个叔叔站不住了，他一会儿摇摇头，一会儿搓搓手。

"好像是残障人士。"宋怡戳了戳我说。

可能是宋怡的声音太大了，那位叔叔注意到了我们。我有点儿不好意思，赶忙转过了头。

"我有点儿害怕，我要到那边去。"

宋怡转身走开，我更难为情了，深深埋下头。但没有任何理由地，我也感到有点害怕，不想靠近他。

我们等的公交车到了，人们向车门走去。那个叔叔也慢慢挪了过去，感觉他走路的时候身体不受控制，整个人都在晃动。

"您慢慢来吧！"司机师傅在确认残障叔叔安全上车后才关门出发。

"他真是很不错。"感觉司机师傅特别帅。

"哇，有空座了！"东雅跑向车中间的空位。

"喂，那是老弱病残专座。"宋怡说了东雅一句，不过她的声音还是很大。

"那又怎样？是空座呀，而且我现在真的很累。"

"你是老弱病残吗？"

看着两人吵起来,我突然也想逗逗她们,便挤在两人中间坐下。

"哈哈哈哈!"我得意地笑了起来。

就在这时,坐在前面的爷爷站了起来。

"坐这儿吧。"爷爷给残障叔叔让了座位。

"不……用……我……没关系的。"残障叔叔谢绝了爷爷。感觉他连说完一句完整的话都很困难。他一开口说话,手臂和肩膀都在晃动。爷爷坚持让残障叔叔坐了下来,我也赶紧起身。

"爷爷,您坐这儿吧!"

"不了,你们很累了吧,和朋友们一起坐吧。"爷爷温柔地笑着说。

我们同时让开了那个座位，虽然并没有人让我们这么做。

"不用，不用，我们马上就下车。"

"是啊，还是爷爷坐吧。"

在我们的一再劝说下，爷爷点点头坐了下来。

"呵呵，多亏你们，我能舒服地坐着了。"

爷爷笑眯眯地看着我们，坐在前面的残障叔叔也一样，虽然他不停晃动着，但显然在笑，至少我们的感受是这样。

"爷爷，您真棒！"我在心里默默地说。

老人都是多病、弱势的吗？

觉得爷爷奶奶只会每天唠叨，说这儿疼那儿疼吗？要知道，爷爷奶奶和外公外婆是活生生的历史，有了他们才有了今天的你。他们努力工作，一点一滴地积蓄，才能把你们的爸爸妈妈养育成人。

然而，现代社会对老人们并没有那么友好。平均寿命变长，人们需要度过的老年时间也变长了，但退休年龄却没有太大变化。不少退休老人在经济上都不是太富裕，因为他们已经把辛苦赚来的钱花在了孩子身上。

老人每天不怎么外出，在家中度过的时间比较长，但这并不意味着他们无事可做。老人和年轻人一样有好奇心，想要接触好玩的事物，做自己喜欢的事，过幸福的晚年。虽然老人已经不太擅长计算和记忆，但他们擅长对世间事物做明智判断。所以，老人的建议不都是单纯的唠叨，有的可能是多年积累的经验。

老人也有在社会中寻找乐趣并享受乐趣的权利。如果社会能对他们多一些体贴和耐心，他们也会重新找回自我，过上幸福的晚年生活。

增长的寿命

史前时期，人类的平均寿命不到20岁。在古罗马，活到40岁就算长寿之人。根据2012年的统计数据，韩国人的平均寿命为81.2岁，离平均寿命100岁的那天似乎不远了。但问题是，平均寿命的增长延长了老年期，而不是青年期。老年时间的增长，会使老年人过上幸福的日子吗？这需要全社会的努力，毕竟每个人都会变老。

花点时间陪陪爷爷奶奶吧，让他们给你讲个古老的故事，你也和他们聊聊白天在学校发生的事。一起出去郊游，或是参加些活动也不错。和他们在一起，得到帮助、感到幸福的其实是自己。

肤色不同，人也不同吗？

世界上有很多不同的种族。现在，有很多人对种族差异持有偏见，认为某些种族更优越，或觉得某些种族更低下。

回顾历史，曾经发生过很多种族歧视引发的悲惨事件：德国的希特勒认为日耳曼人是世界上最优秀的人种，杀害了很多犹太人；黑人被从非洲贩运到美国，被当作奴隶对待……虽然现在有很多禁止种族歧视的法律和制度，但仍然有很多人是种族主义者。

没有科学证据能表明，智商以及抑制犯罪的倾向会因种族的不同有差异。肤色和长相的差异只是不同族群适应他们长期生活的环境的结果。如果我们发现种族之间存在社会能力上的差异，那更可能是恶劣的环境导致的，而不是先天能力和性格的问题。

在韩国，能看到很多家庭成员长相和肤色各不相同的多文化家庭，你是否对他们有毫无根据的偏见呢？尽管外表不同，但深入了解后你会发现每个人内心深处的温暖。和他们打个招呼，成为朋友吧。当每个人都能敞开心扉，我们生活的社会才会变得更幸福。

只是 有点儿 不方便

你碰到过坐着轮椅或是带着导盲犬的人吗？这个时候，你心里会想什么呢？会觉得他们很可怜，还是会有点儿害怕呢？这两种都不是很好的想法。身体有残障的人并不应该是我们要去怜悯或躲避的人群，而是可以和我们自然相处的。他们并非没有能力，也不是可怜凄惨，只是行动上稍微有点不方便。

我们每个人都有自己擅长的和不擅长的事情，残障人士也一样，身体的残障导致行动不便，只是他们并不擅长的事情之一。虽然他们可能做不了其他人擅长的事，但他们能做到的可能是身体健全的人不擅长的。你可以通过"五感体验教育"来体验到这一点，比如把眼睛蒙上，拄着拐杖行走，触摸和嗅闻事

物，这样就能了解盲人在做多么困难的事情。

面对身边的残障人士，请不要随意去帮助他。残障人士也有很多能独立完成的事情，所以有必要问清楚他是否真的需要帮助，需要如何帮助。你可能会觉得问这些问题有些害羞，但比起莽撞地伸出援助之手，问清需求才是更礼貌的态度。当一个残障人士独自处理某事时，可能看起来又慢又困难，但并不意味着他做不到，只是他要以与其他人不同的方式做而已。

我们应该把残障人士的不同作为文化多样性的一部分，自然而然地接受差异，也就是把他们当作构成社会的普通一员来尊重。

吃不上饭的孩子

有很多传统故事，以懒散的人贫穷、勤劳的人富裕做结尾。事实是这样吗？

据2010年统计，韩国有三百四十万人生活在贫困中，其中百分之八十有工作的能力，但找到工作的只有三分之一，而且工资收入微薄。此外，还有很多人的家人患有慢性疾病，医疗费的负担很大。也就是说，他们长久以来的贫困并不是懒造成的，而是想工作却找不到工作，或是需要支付远高于实际收入的巨额医疗费。

贫穷并不只是发生在遥远的非洲国家。在韩国，吃不上饭的孩子的数量每年都在增加，2010年共有485 811位小朋友领取了餐饮补贴。他们并不仅仅是没有足够的米饭吃，而是没有正常的生活环境可以吃饭，因为他们的家庭因为贫困而支离破碎，父母无法和孩子住在一起照顾他们。

相比于贫困，让贫穷的孩子们更难过的是无法得到真诚的理解。穷，不代表他们没有可发挥的能力，不代表没有梦想。我们需要从心底接受他们成为自己的朋友。没有钱，没有房子住，不代表他的梦想和希望也是贫穷的。

不是我的错！

在我们身边，有一些小朋友自出生开始就患有危及生命的严重疾病。艾滋病，也就是获得性免疫缺陷综合征，就是这类疾病之一。父母的疾病通过胎盘或母乳感染婴儿，使婴儿也患病了。在非洲、南美洲、亚洲等地，有很多患有艾滋病的儿童。根据最新的调查，韩国也有儿童艾滋病患者，包括十岁以上的青少年一百五十人左右和十余位不到十岁的孩子，实际的数量可能会更多。

很多孩子因为害怕自己的病被人知道而不愿获得合适的治疗。因为大家的偏见，他们选择了隐瞒自己的病情。人们以为，接触艾滋病患者后自己会被传染得病，但实际上艾滋病并不会通过身体接触或食物传染。随着治疗药物的开发，只要根据医嘱吃药就能防止疾病恶化。即便如此，人们对艾滋病患者的偏见一直都没有改变。儿童艾滋病患者承受着和身体痛苦几乎同等的心理压力。他们习惯了别人在得知自己患有艾滋病后的疏远和躲避。对这些孩子包容些吧，每一个孩子都有幸福成长的权利。

第六章
让地球村更幸福！

人们都说世界变成了地球村。
然而有富有的国家，也有贫穷的国家，
有的地方战争还在继续，时时传来不好的消息。
为什么会这样？
为了地球村里所有人的和平幸福生活，
我们该怎么做呢？

67

身边的故事 **拯救婴儿的针织帽**

学校发了毛线和毛衣针,呼吁大家为非洲的婴儿编织帽子。

"非洲不是很热吗?宝宝们需要戴针织帽吗?"

"孩子们戴帽子会很热吧?"

同学们问了很多的问题。其实我也好奇,在热得如同洗桑拿一般的只有夏天的非洲,真的需要针织帽吗?

"非洲虽然白天很热,但早晚温差非常大。"老师非常耐心地解释道。

"晚上温度下降,会增加婴儿因为低体温症而丧命的风险。由于新生儿的免疫力较弱,也可能感染肺炎或其他疾病。但一项针织帽能使婴儿的体温提高两度左右,一项帽子能挽救一个孩子的生命。"

真是令人震惊的事实,在如此炎热的国家,竟然会有孩子因为体温过低而丧命。

"那我们一起学织帽子吧,比想象中简单很多。"

老师拿起毛线,一针一针地教大家怎么织。只是没有老师说得那么简单,编织、起针都很难。

"咦，这是怎么回事……"

环顾四周，有做得很好的同学，但大部分人跟我一样手足无措。

"大家可以把毛线和毛衣针收起来，回家织，我们先上课。"

第一次听老师说要上课我这么开心。我赶紧把毛线和毛衣针收进包里。但还是有些迷惑，该怎么织呢，织帽子不会因为拿回家而变得更简单。

放学后回到家，我把一袋毛线放在餐桌上。一想到自己还要织帽子就忍不住叹气，于是先去完成了数学作业。

"这是什么呀？"妈妈下班回来了，看到毛线袋子问了起来。

"嗯，要织帽子。"

"帽子？"妈妈的眼睛亮了一下。

"据说非洲的婴儿戴上帽子就不会死。"

虽然说得没头没尾，但妈妈还是听懂了。"是好事儿啊，但是你能完成吗？"

"不能，好难啊。虽然在学校学了，但也没学会，针总是掉，线也缠在一起……妈妈可以帮我织吗？"我想让妈妈帮忙了。

"不行，不用特别好看，但还是要自己试着完成。想着非洲的孩子们，用心织才是有意义的。"

妈妈进屋又抱出来一堆漂亮的毛线。

"妈妈和你一起织。我也织几个和你的一起拿到学校去。"

我很不情愿地拿起了毛线和毛衣针。不过能和妈妈一起织还是很开心的。在我织一个的时间里，妈妈已经织完了三个帽子。

"一个、两个、三个帽子，因为我织的帽子，有三个孩子的生命能受到保护。我好幸福啊。"

妈妈的话让我有些感动。

"你知道吗？全世界有两百万的婴儿出生后就死亡了，出生后一个月内死亡的婴儿超过了四百万。"

"真的啊？"

"是的，我们正在拯救其中的四个孩子。"

"如果把其他同学的都算上，是不是能拯救更多的人？"

"是的，虽然我们只是辛苦了一小会儿，但能挽救一个孩子的生命。"

"我要再织一个，还有毛线吗？"

妈妈用赞赏的眼光看着我。

接下来我还能救多少孩子呢？要是能像妈妈织得那么快就好了。

世界是个地球村

如今，有越来越多的人出国旅游，飞往遥远的国度的航班也越来越多。除此之外，经常能在商场发现进口的商品，如食品，街道上有主打外国食物的餐厅，你能品尝来自世界各地的美食。国外的畅销书可以在本国同时出版，著名的电影也会在世界各国同步上映。

同样地，访韩旅游的游客的数量也在增加，韩国的商品也出口到国外，韩国的图书、电视剧、电影也被翻译成很多语种，韩国的歌曲被称为K-POP受到了全球的欢迎，韩流艺人也得到了世界各地粉丝的喜爱。

世界变"小"了，是因为交通和通信技术的发展。航空运输业的进步，让我们可以在一天内到达世界的很多地方。互联网和卫星通信，实时传递世界各地的消息。通过社交媒体，住在不同国家和地区的人可以随时交流。

现在说"地球村"并不为过。在地球村的某个角落发生的事情，很快会对其他地区产生影响。地球村的问题并不是某个人、某个区域的问题，而是需要大家一起解决的问题。整个地球村的安全幸福，与我们自己的安全幸福息息相关。

需要齐心协力解决的问题

地球村里有很多需要协作解决的问题。热带雨林的破坏、水源缺乏、疾病、贫困、饥饿以及战争，都不是地球上某个角落的事情，它们让整个地球生病了。

亚马孙地区的热带雨林面积的缩小，会造成沙漠化和气候异常。气候变暖使两极地区的冰山融化，导致海平面上升，引发各类自然灾害。水资源不足的问题也很严重，世界上百分之二十的人口因为水源缺乏而受苦。发生在一个地区的疾病会蔓延到其他地区，最后成为整个地球的事情。

在地球村，每天有超过两万人死于饥饿。然而，很多发达国家却因为食物浪费而头疼。有很多国际组织和机构正竭尽全力地解决这些问题，但仍然需要更多人参与其中。

地球村的很多问题不能一次彻底解决，但所有的解决方法都始于人类观念和行动的改变。即便不能直接参与医疗或救援活动，你也可以做很多保护地球村的事情。你能做什么呢？

在日常生活中可以做到节约能源和保护环境。除此之外，你还可以攒零花钱，帮助地球村里生活贫困的邻居们。这些行动不会有立竿见影的效果，但是我们所做的一切都能引起更大的变化。

为了受苦的孩子们

联合国、联合国儿童基金会、无国界医生等泛国家社会团体会为饱受战争、自然灾害、饥饿、疾病、痛苦的孩子提供食品和医疗用品。此外也为他们提供干净的环境和接受教育的机会。

停止战争，拿起鲜花

地球村是一个命运共同体。即便这样，世界各地也在发生战争。9·11事件后美国对阿富汗发动军事进攻。叙利亚、以色列、巴基斯坦、索马里等国家，因为相互的冲突而互相残杀。

在过去十年，有超过两百万的儿童在战争中丧生，六万多的儿童致残或患上严重的疾病。更糟糕的是，还有三十多万不到十八岁的青少年从军，走上了战场。

为什么要引发战争呢？战争通常被认为是由贪婪引起的，就像用武力抢夺其他国家的领土和资源。然而历史上之所以发生相当多大规模的残酷战争，主要源于人的价值、民族的价值，甚至是宗教和国家的价值遭到损害。战争的行为因此被合理化——为了捍卫和平，惩治罪大恶极的敌人。

　　怎么才能让地球村的战争停止呢？世界上很多国家在开展反战活动，他们高呼"停止战争，拿起鲜花"的口号。敌对的阵营之间，最重要的是消除内心的敌意和偏见，为了做到这一点而进行和平会晤。即使是意见有分歧的人，也能通过会面、沟通和调解，在解决问题的过程中互相理解。

像彩虹蛋糕一样和谐

在地球村里，我们和与自己完全不同的人生活在一起。因为婚姻或工作在韩国定居的外国人每年都在急剧增长，来韩国的留学生数量也越来越多，在某些情况下，我们可能会不适应陌生的文化环境。我们该如何接受这些文化差异呢？

承认并尊重大大小小的社会都有自己独特的文化叫作"文化相对主义"。文化相对主义指的不是用偏见看待对方的文化，而是设身处地地理解，不去草率地判断某个国家的文化比其他国家的文化优越或低下。

我们和对方存在差异并不是孰是孰非的问题，而是承认多样化的问题。就像色彩鲜活、看起来美味的彩虹蛋糕一样，地球村的所有人都用自己的"颜色"搭配在一起，才能组成一个幸福的世界。

快乐听故事

地球一小时

每年三月最后一个星期六晚上的八点三十分开始，熄灯一小时。这个活动被称为"地球一小时"。

"地球一小时"的活动开始于2007年的澳大利亚，现在扩大到法国埃菲尔铁塔、美国时代广场、澳大利亚悉尼歌剧院、泰国大王宫等地，韩国也于2009年开始参加到这项活动中。为了提供人类生存需要的能源，地球在付出巨大的代价，环境污染、气候变化、资源枯竭……在为时已晚之前，我们需要为地球做点什么。所以，此活动的意义就在于，通过关灯给地球休息的时间。

实际上，相比于其他地方使用的能源，用来开灯所消耗的能源并不算多。"地球一小时"不仅仅意味着节约家庭或建筑物使用的电量，也意味着节约用电过程中的能源。在熄灯的那一个小时里，人们能从内心深处体会到节约更多能源的重要性。这也是拯救地球行动的开始。